五行歌集

青の音階《スケール》

伊東柚月

市井社

目次

月の肩

春雷
煌めき
一刀で
スパリ
冬を断つ

今を
たちまち
過去にしてゆく
桜色《はな》の
風紋

終わりと
始まりの間《あわい》で
やわらかく
わたしの背を押す
花の手

緑が
若いと
ひかりの糖度が増して
春の風は
甘い

風も土も
放埓な生の息遣い
過ちの一つも
落ちていそうな
五月の庭

夏服に
衣替えした
異性の眩しさ
小手鞠の白に
ざわっとなる

畳の上に
生まれた
光の水槽
オーガンジーが
ひらひら泳ぐ

風も光も
脇役であることを
ただ悦んでいる
さみどりさみどり
麦の道

ひとひらなら
静か
集合するや
ピンクが喋り出す
紫陽花は女子クラス

風をとらえ
上昇気流に乗る
鳥
翼は
天空の帆となる

いよいよ
上昇するとき
羽ばたきをやめ
鳥は
風に一切をあずける

粘りつくような
声で
蟬よ
現世《うつしよ》に
恨みの糸を張れ

永遠を
手に入れたのか
蟬の抜け殻
ガッシと
木戸を摑んだまま

青い実
赤い実
すずなりに
金子みすゞの
詩が生るトマト

色が滴り
音が爆ぜた
終楽章《フィナーレ》のあとは
爽快な
無

波のきらめき
風のまま
光のままに
無数の
宝石となる

きれいな
去り方を知らない
向日葵
晩夏に
首を晒す

気高く
秘めているのは
憎しみなのか
藻の緋色ふるふると
白百合の花弁を汚す

片翼の
黒揚羽
なすすべもなく
明けない夜へ
落下する

アゲハ蝶
ふわりふわりと
海を渡ってゆく
あなた一人足りないままの
夏を巻きとるように

雲も迷う
夏と秋のあわいに
ある日
くっきりと線を引く
金木犀の香り

果たせなかった
夏の約束
空に溶けていく
秋桜は
背伸びしてそれを追う

銀杏の葉
くるくる廻せば
ドガの踊り子
指先で
舞う

僅かに
欠く輪郭
片肌落とした
滑らかな
月の肩

睫毛の先端
耳たぶ
細部ほどくっきりと
冬の風は
在り処を知らせる

野良猫と
家猫
気温差二十度で
凝視《み》つめ合う
冬の窓ガラス

簗に
レースの縁飾りして
ユリカモメの群れは待つ
いっせいに解《ほど》ける
渡りのときを

※簗《やな》…河川に列状に杭や石を敷いて流れを
堰き止める、魚を捕るための仕掛け

錆びた肩《ハンドル》に
雪
だけが降る
乗り捨てられた
夜の自転車

それがなんだっての

たくさん
失敗を重ねて
ブサイクな
コラージュだ
わたしだ

恩師はいつも
詩をほめてくれた
自信のなかった少女は
今も
暗示にかかり続けてる

プールの底の赤い線だ
私のやさしさは
浅く透け
カルキ臭い
見て見てと揺れている

無意識に
人を責めた
エラソーな理屈を
ふりかざした唇が
ヒリヒリする

恥ずかしいのは
愚かしさでなく
愚かな自分を
隠そうとする
小賢しさ

私は強い
迷ったら
あなたの思考回路を
いつでも
辿れるから

「いい人」と言われ
おもしろくないくせに
曖昧に笑う
所詮わたしは
「いい人」の範疇

ほんの一瞬にも零れる
自信のなさ
小首を傾げ
誰に媚びているのか
集合写真の中で

心を病む母
半身不随の義父《ちち》
知恵遅れの義姉《あね》
それがなんだっての
夕飯の仕度だ

八方塞がり
と思っても
いつも
九つ目の
突破口はあった

諦めと
誤魔化しが
楽におなりと言う
馴れ合えば
堕ちる

荊をかき分ける
傷だらけの手
わたしの中の
愛の
イメージ

裏返した
手鏡にさえ
映ってしまう
しぶとい
エゴイズム

わがままな人に
憧れるのは
わがままなのに
わがままを
我慢するせい

よくよく愚かだ
取り上げられそうになって
はじめて惜しくなる
食べ飽きたお菓子も
日常も

平穏な日常にも
瑣末な葛藤はある
善人と悪人が
交互に
点滅する

「前年を
若干上回っています」
自分による
自分支持率アップの
対策が大事です

はじめに器ありき
一目惚れの陶器は
深い藍《あお》
最初に盛るのは
大根サラダに決める

浄化か
堕落か
どっちでもいいか
ほろほろと
酔っており

藍と茜と薄墨色の
溶け合うところ
空の果てまで
流れ　流れて
わたしはブルース

よけい
踏み入りたくなる
「この先入るべからず」
旅先の路地も
人生の横道も

いつか
あの世へ連れてゆく迄
鬼の棲む
この胸の
封印は解かない

大事なときこそ
俯瞰する
本質を見失わぬよう
思い切りよく
細部を捨てる

旅路の果てに
どんな人だったと
言われたいか
その答えを
羅針盤としよう

思い出す蒼
夢に見る碧
私を縁取るものは
いつだって
青の音階《スケール》

肩甲骨の窪み

泳ぐ
少年の背に
オイルのように
貼りついている
真夏

最初は口角
次は白い歯
スロー再生の蕾のように
ほころんでゆく
少年の笑み

ラッパ傘で
はしゃいで帰った
遠い日の少年たち
あの青い傘を
今も持ってる

逆境が好きか
仁王立ちの少年
吹き荒ぶ
風に向かって
大口開ける

真っ直ぐな
強い光
君の瞳にならどんな夢も
射抜かれたいだろう

肩甲骨の窪みに
透明な
羽を隠して
少年の
背が光る

頬から顎への
鋭いカーブから
息子の
少年の時間《とき》が
滑り落ちていく

銀の鱗に似た
微かな殺意
少年は
自転車で
ぶっちぎって行く

溶かしバターだ
声変わりした少年
恋の話になると
低音が
甘やかに香る

美少年は
待ち伏せた気まずさに
踊り場を駆け下りた
あとには
薄荷色の風

鈍色の空を背に
君は舞う
選ばれた者の羽はなくとも
纏う風に
永遠を刻んで

虹の麓まで
行ってしまった
少年たち
何を見たのか
別々の方角へ帰ってゆく

たゆたっている

完璧さ
それゆえでなく
そのひとの
余白に
惚れ惚れするのだ

あなたの
蒼い水源に
出会った気がする
謐《しずか》で
凛とした手紙の向こう

この線が
美しい女性《ひと》を
創っているのか
凛と貫く
骨のような文字

凛と
整った女性《ひと》の
マニキュアの剝がれ
いけないものを見るようで
目を逸らす

口にすれば
とろとろと
ゆるんでしまう
声の輪郭
そんな名がある

たっぷりとして
濃《こま》やかな
声の海に
小亀のように
たゆたっている

身体の
奥で
さざ波がたつ
そのハスキーボイスが
いけないのよ

心に
羽毛《はね》が
降るような
あなたの声の
微かな波動

ブラウス濡らし
沁み込んでくる
夏のはじめの
雨に似た
声

愉悦の極みへ
わたしを曳いてゆく
危うい流れ
それはもう
声でも音でもなく

モネの
色彩を纏う女《ひと》
微笑めば
午後の光に
そばかす

強い光ほど
濃い影を曳く
主演女優を演じ続けた
あなたの
素顔を知らない

弦の調べに
揺り起こされた哀しみが
空に上ってゆくよ
ほら
喪失のあの白い穴

芸術も
作物と同じ
ガツンとくるものは
無骨な手から
産まれる

本物に触れると
心の
表面張力が
ぷるぷるして
ついに溢れだす

慢心に
ポカッ
と
まるで
天からの一撃

私の何かが
鼻につくのだろう
たまに
ガツンと
言われる

言葉で
怪我をした日
ムキになって
大根の
面取りをする

突き立てるより
傷を残さず
抜くことのほうが
はるかに難しい
言葉の刃

言葉は
自分に還り
ザラリ
口中に
細かい砂

この言葉吐いたら
致命傷を与える
呑み込めば
全身に廻り始める
毒

尖った言葉で
爪弾いても
鳴らない
人の胸のギターは
まるい指先が好き

行いが
超えようとするとき
言葉の
真の意味が
立ち上がってくる

痩せ女の意地

大きく
襟のあいた
服を着る
鎖骨に
痩せ女の意地

男であれ　女であれ
くすぐったい親しみと
湧き上がる尊敬を感じたら
わたしは
恋におちる

きれいなものなんて
いらないのよ
野薔薇をください
血のついた
その手で

豊かな
耳朶の男《ひと》の
消息も絶えて久しい
生牡蠣
ちゅるっと啜る

誰にも
気づかれることなく
消えてゆく
仄かな思いと
夜明けの通り雨

鍵盤から
天上の耀きを
降らせる
美しい指に
恋をした

分厚くて
木の香りがする
選んだ家は
あなたの胸板
そのままだった

誂えたばかりの
息子のスーツ
夫は
大事に抱えて帰る
花散らしの雨の中

事件翌朝
夫が静かに泣いている
障がいの子を
もつ人の
手記を読んで

安定感ハンパない。
すごいグループ感。
演奏への賛辞に
ちょっと見直す夫の才能
…ちょっとね

黙々と
捌く作業の多い日は
妄想台所《キッチン》
この脳内
夫には見せられません

明け方の
夫の夢には
私が二度も出てきたらしい
言えない言えない
隣で見てた夢のこと

五十肩の話と
若い男《ヒト》への恋心
同じ
熱さで盛り上がる
オトシゴロの女三人

妄想たっぷりの
恋話《こいばな》で
夜更けまで女子トーク
何も知らない旦那様
お迎えありがとう

昔　私をフッた男が
会いたいと言ってるらしい
鏡の中で目が踊る
「今さら」か
「今から」か

あと少しあと少し
引き延ばせば
治りの悪い傷になる
醒めた恋と
卸し金の止めどき

愛なのか
プライドなのか
くれてやると決めたとき
ガラスに映った
私の顔は綺麗だった

舫《もやい》を解けば
たちまち傾ぐ
ふたり　脈打ちながら
月のない
夜を拓いてゆく

神様に
愛された人
その声に包《くる》まれて
息が止まるかもしれない
という至福

十三夜の
甘い風
惚けた月は
もう忘れたの
満ちること

フレッシュトマトは
この期に及んで無理だから
目指すは
なすびの曲線と
深い紺

爆ぜた恋の実を
集めたら
ジャムを作ろう
浮気なあの人を
煮詰めて潰して

月にかざせば
静脈の透ける
わたしの手
悔しいほど
おんな

寝ぼけていても
あなたは微笑《わら》う
私が近づくと
とりあえず
微笑う

独りと
独りだ
互いに
ゆるゆる緩い
柵《しがらみ》でいよう

幸せになってゆけ

ハイタッチして
あったかいねって言ったら
丸ごと包んでくれる
自閉症のさっちゃんは
手で話す

「お肉が痛いって言ってる」
調理実習で
包丁を持ったまま
泣きそうな顔の
やさしい詩人

頭を撫でるしかできない
さみしい
の代わりに
ばか
って言ってしまう子に

小さな子の口から
ぽつりと漏れる
「死」という言葉
心がキュウッと
捩じられるようだ

かけ寄ってきて
すっと手を握ってくる
休み時間の廊下に
ささやかな幸せが
落ちている

少し
曲がったまま
明日の出番を待つ
特別支援学級の
みっつの机

碧い水を湛えた
雨後の森
涙のあとの
瑞々しい
子どもの笑顔は

「ケンカをしない薬」を
毎朝飲んでくる
七歳のしゅうくん
自分の頭は狂ってる
なんて言うな

かわいそうかわいそう…
唱えながら
しもやけの薬を塗れば
じっと大人しくなる
多動児のすうちゃん

生き抜く術か
親に頼れぬ子の
眼の奥の
あっけらかんとした
強い光

あの子を思って
叱ったのか
瞬間
己が無力を見せつけられて
プライドが傷ついただけ

か細い指で
握り潰した哀しみを
君は
怒りに変え
放とうとするんだね

憎しみなのか
闘志なのか
少年の
か細い四肢に漲る
反発力

意外なほど
安らかな寝顔だ
全身で
怒りを爆発させた子の
長い睫毛に見入る

君は
そんな歳で
絶望を知っているのか
自分自身にさえ
嘲笑を向けて

夜の扉も
こじ開ける
自分の力を信じてほしい
だけど疲れたら
泣いていいんだよ

歪だったり
欠けていたり
たよりなく
清らかな光を放つ
愛しい子たち

きみがきみを諦めても
わたしは
きみを諦めない
きみはできる子
きみはいい子

別れの言葉に
小さく
あごをしゃくった
つっぱることしかできない君の
精一杯の返事だった

他人《ひと》と違ってたっていい
君が幸せと
感じるとおりの
幸せに
なってゆけ

青い小花のワンピース

母がいなくても
夏祭りはあって
わたしは
色をつけられた
ひよこみたいで

赤々と脹らみ
やがて
自虐にしぼむ
いびつな太陽
それが母

壊れた母が
こしらえた晩ごはん
鮮やかに黄色い
目玉焼き
一つ

闇への
兆しとも知らず
明るすぎるほど
明るい母が好きだった
幼い日

夏休みは
のびのび過ごした
祖父母の家には
トトロが
いたのかもしれない

マッドなママが
ひらりと飛んだ
青い小花のワンピースに
一億のセミの声
降る

胸の扉を
閉めて凌ぐ
母の罵詈雑言
この電話を切ったら
泣こう

「あんたを産んでから
病気になった」
否定から始まった人生を
ひとつ　ひとつ
肯定に変えてきた

ひび割れガラスを
包むような
父の両の手
捨てない
かたち

遺品には
ひととなりが滲み出る
帽子　ブローチ　ピエロの人形
母は
可愛い人だった

息子とハモれば
よみがえる
母と歌った
たくさんの歌
あたたかな台所

亡母《はは》の箪笥の奥に
隠された
何通もの手紙
ひとつの人生に
幾重にも川は流れる

雨の日
父は
仏壇に灯りをともす
亡母がさみしく
ならないように

美紀子さん
と
父は母を呼ぶ
生前には言えなかった
告白みたいに

父の狂気が始まってから
何度も何度も
亡母《はは》が
夢に現れて
料理のコツなど教えてくれる

お父さん
どこへ行ったの
怒鳴り続ける
目の前の人は
優しい父を食べてしまった

優しい父が
知的な父が
上書きされてしまう恐怖
泣いている暇はない
でもどうすれば

父を置いてきた
父を置いてきた
鉄格子と
むき出しの便器のある
冷たい部屋に

整然として
機能的な病棟
蠢く感情を吸い込んで
白い壁は
無言

やっと
監視病棟に
父を預けた
それなのに
胃の痛みが治まらぬ

あのとき
あれしかなかったのか
心は行きつ戻りつする
最善の策を
選んだつもりでも

父が
ごはんをこぼす
ぽろっとこぼす
一瞬
沈黙が深くなる

陶器市で
病み上がりの父は
そろそろ歩く
焼酎カップを買って
こころなし歩幅が広い

家族の病は
神様の検定
自己犠牲の精神が試される
合格しない私は
追試ばかり

生まれてきたのは

転調もまた楽し
追憶へ　憧憬へ
降りつ　上りつ
青の音階《スケール》を
奏でてゆく

生まれてきたのは
笑うため
愛を知るため
ときどき
泣くため

夜半には尽きる命か
風に煽られ
艶めく
黄揚羽の翅
台風が来る

誰の化身か
アゲハ蝶
庭の
サンダルを
離れない

執着でもいい
未練でもいい
命を
繋ぎ止めるものは
カッコ悪くていいんだよ

人のさみしさを
放っておけない
君の
そのさみしさを
誰が救うのだろう

ほどいた後の
糸のヨレ癖
人の縁《えにし》は
強くもあり
儚くもあり

同じ
レールの上を
ひた走る
電車の中の
別の人生

隅に寄ってた
おにぎりの具
日常は
残ったご飯の部分の如し
塩をふりかける

丸い時計を
ぶっ壊せ
メメント・モリ
時は
一直線

たった一つの
賛辞は
渇いた湖底の
湧き水
ああ　生き延びた

仔猫よ
捨て猫
森に降る雨はやさしいか
夢を見たまま
逝けるのか

平和を唱える
優しい貌の人々が
無自覚に
誰かを
踏みにじる

誰かの得は
自分の損
とでもいうような
おかしな不寛容さで
社会は尖《とんが》る

単純化された
答えを
疑ってみる
己の正義の裏側は
悪とは限らない

靡かず
属さず
答えを急がず
右往左往する弱さ
道連れに歩こう

気丈な子にも泣き虫にも
なんと厳しい
親の愛だろう
最期《わかれ》に
骨を拾わせるとは

枯れ　朽ちる日まで
生命《いのち》
軋ませたのだろう
凪ぎの風情で
倒木は

生きることは
一秒ずつ
死んでゆくこと
手放しながら
与えられながら

もともと
空っぽで
生まれてきた手だ
いくつかを
失ったとて

また一人
降りる人いて
冬空に
軋む
観覧車

残酷な夜から
逃げなかった者だけが
見られる
蒼穹の
光

辿れば
来し方の足跡は
道になる
ただひとつの
旋律のようにうねって

ブレのない
ただ一本の線
そこに辿り着くまでの
数えきれない
捨て線

わたしを記し
統《す》べてゆく
一冊きりの本である
この生に
跋《あとがき》はない

君という未完成

地面と
平行になるまで
ブランコこいで
息子は
天も地も摑んだ顔

強さなのか
意地なのか
スタメン落ちした息子は
愚痴も言わず
夕食をかっ込んだ

息子の夏は終わった
きつく
への字に結んだ唇に
透明な
終止符が落ちる

凹んだり
膨らんだり
忙しいから
君の心の筋肉は
隆々と美しい

新天地へ向かう
片道チケット
自由と
心もとなさの
透かし文字があるようで

一人暮らしの不安より
眠さが勝る
息子の若さ
始発電車で
爆睡している

山科　京都

美しい地名が
確信させる
息子はこれから
佳い町に住む

してやれなかったことも
サラリと許して
素っ気なく
「あざーす」と
メールしてくる

夕食の皿を
並べるたびに
プラスチック容器の
弁当をほおばる
息子が浮かんで

いじましくて
ちょっと笑える
一人暮らしの息子の通帳
千円　二千円
チマチマ下ろす

改札の向こうで
息子は
ぺこりと頭を下げる
いつからか東京は
「帰る」場所になった

ビルの形に切りとられ
デコボコだけど
青く高い
東京の空
息子の空

息子の辞書に
諦める
という文字はないらしい
就活せず
夢を追うという

気に入ると
商品棚の前で
粘りに粘った十歳の頃
今また
夢の前で微塵も動かない

見送ったあとの
空のいろ
翌朝の食洗機には
息子の
青いマグカップ

遡上する
銀の背びれを
ただ美しいと思う
エールにあと押しされた
夢の背びれを

「将来が不安で
眠れないんだ」
息子の呟きを
聞いた夜は
不眠症が伝染する

どんな言葉が
いいのか分からず
ひたすら
その胃袋を満たすしか
能のない母親です

深い寝息
それだけで
ほっとする
部屋の前で
聞き耳を立てている

君の
ガラスの心に彫られた
消えない模様
私は細い雨になり
白いその傷を撫でよう

心許なさも
不甲斐なさも
優しさの影だから
君という
未完成を愛する

行き止まりで
思わず天を仰いだ君に
冬の空の
その先の
微かな光が降りますように

張りつめた青を分けても

紅い紅い刻《とき》は
川べりを歩こう
ぬうたりと
からだを空っぽにして
哀しい歌　うたって

幹が
輝くので
近づいて見ると
それは細い
いつかの傷痕でした

裡《うち》を流れる
かすかな
川音は
空虚の上を
さらさらと行く

子を捨て
夫を捨てた
友からの電話
声に
酒の匂いがする

向き合うと決め
厄介ごとを
くべる
火を
踏む

気まずさは
覚悟の上で
ノーと言った
一本の筋が
私にもあった

ときどき胸に
魔物が棲んで
チロと舌を出す
熟れすぎた柿を
啜る夜など

猛り狂う
衝動を
鬼と呼ぶのなら
時には飼ってみたい
分別だらけのこの身に

この世の
底
のような台所で
魚の腑《はらわた》が
てらてら光る

芯を射られた
だから
眠れなかった
痛みは
悔しさの化身だった

誰も傷つけないよう
堪え続けた日々
脇腹に
切れないナイフが
刺さっている

絵に描いたような
幸せも
カンバスの下には
塗り潰された
悲哀があったりする

柄にもないけど
可愛いとか
ハニーとか言われて
心とろとろ
ハチミツ色

あなたの
笑うのが見たくて
やってるようなものです
たいせつって
そういうことです

埋めれば埋めるほど
深くなる
という矛盾
足るを知らない
欲の穴

後ろ暗さの
欠片もない
犬の背
弓なりに
反る

捨てる側の
寂しさは
捨てられる側のそれより
よほど
冷やっとしている

何ごとも
寛容に許す心には
自分も許されたい
という
暗算が隠れている

虚実
掻き回す
金魚の
尾びれの
赫

心に浮かんでしまったことは
消せない
塗り潰しても
自分が在る限り
透けてくる

ゆるいゆるい
ハグなのに
包み込まれて
私は
少しもこぼれない

まっすぐな心で描く
曲線は美しい
曲がった心で描く
直線は
歪んでいる

思いの縦糸さえ
ピンと張れば
大丈夫
行いの横糸は
少し緩ませておく

たとえ
形から入ろうと
心はやがて内へ向かう
意味へと
真理へと

私の裡《うち》にも
あると思う
せり上がる
夏雲の
最初の一滴

こじれた糸も
複雑な難題も
一つ一つほどいてゆく
しなやかな指
しなやかな心のありよう

包み込みつつ
適度なすき間もある
心という字
やさしい曲線の
フォルムで

翼を折られて
どこへも行けない
でも　だからこそ
縦横無尽に
胸の紙ヒコーキは飛ぶよ

欠落を
もう埋めようとはすまい
窪みの
影のさみしさも
ひとつの色

その遥か切っ先にある
終わりの味を知っている
それでも
始まりはいつも
心ざわめいて

いっそ
大きく凹もう
いつか
多くを満たす
器になるのだ

I would rather
Be dented more
For someday
I will become
A vessel to hold much

泣けないのは
おまえのせい
けれどプライドよ
白骨の杖のように
私を起たせている

ひこうき雲が
ひとすじ
張りつめた青を分けても
空はまた
出会ってゆく

跋

草壁焰太

この歌集はたいへん複雑な人間の心のあらゆる層を書き連ねたような構造になっている。これだけ複雑なものを見たことがないといっていい。ということは、纏まらないということを意味している。

あとがきは要らない歌集といってもいいかもしれない。

わたしを記し
統《す》べてゆく
一冊きりの本である
この生に
跋《あとがき》はない

それでも私がそのあとがきを書こうとするのは、この複雑な内面、外面のできごとをまとめている大きな器に尊敬心を感じ、その一点でまとめてみせることは、歌集を読む人にとって有意義かもしれないと思うからだ。

風も土も
放埓な生の息遣い
過ちの一つも
落ちていそうな
五月の庭

アゲハ蝶
ふわりふわりと
海を渡ってゆく
あなた一人足りないままの
夏を巻きとるように

歌集は自然詠、季節詠から始まる。ごくふつうに見えるが、端々に何か不穏なものをはらんでいるようにも感じられる。

「それがなんだっての」の章に入ると、自身を責める鋭い歌が次から次へと続く。

たくさん
失敗を重ねて
ブサイクな
コラージュだ
わたしだ

ほんの一瞬にも零れる
自信のなさ
小首を傾げ
誰に媚びているのか
集合写真の中で

恥ずかしいのは
愚かしさでなく
愚かな自分を
隠そうとする
小賢しさ

心を病む母
半身不随の義父《ちち》
知恵遅れの義姉《あね》
それがなんだっての
夕飯の仕度だ

自分に向かってこれほど容赦ない歌は、なかなか見ない。そのうえ、彼女をとりまく日常、環境は、たいへんそうに見える。このほかにも、すばらしい両親が、壊れていく歌もあり、ずっと何事もなく生きてきたかのように見える伊東柚月という人が、大きなものを乗り越えてきた人であることがわかる。

自分に辛辣な人は、強いからそれができる。プライドの高さ、強さがあるからそれができるのである。

泣けないのは
おまえのせい
けれどプライドよ

愛なのか
プライドなのか
くれてやると決めたとき

ガラスに映った
私の顔は綺麗だった
白骨の杖のように
私を起たせている

私は二十年以上彼女の歌を見てきたが、「愛なのか／プライドなのか」の歌を見たとき、これがこのうたびとを、最もよく表していると直観的に感じ、雑誌『五行歌』の表紙の歌にした。今でも、この歌を見ると、伊東柚月さんその人を見ているような気がする。

ほかにもいろいろな歌がある。息子の歌、夫の歌、恋の歌、ユーモアの歌、さまざまな内面の歌、それを含んでいるのがこの人である。

読売新聞の編集手帳は、竹内政明さんが書いている頃、名文の代表のように言われ、本も出版されていたが、伊東柚月さんの次の歌を、三度も編集手帳に取り上げた。竹内さんは十四度、五行歌を取り上げたが、そのうち三度はこの歌だった。

いっそ
大きく凹もう
いつか

多くを満たす
器になるのだ

竹内さんは稀代の読書家としても知られている。多くの内容を持つ人として、とくにこの歌に惹かれたのであろう。私は彼が三度も取り上げた理由をいろいろに考えていたが、伊東柚月さんの歌集を見たときに、さまざまな要素を持ちすぎる人は、こう感ずるのだと思った。

歌はいい読み手を得て光る。まさに、彼女の大きさを表している。この歌のほんとうの意味がわかって、私はうれしかった。

あとがき

人生におけるさまざまな出会いは偶然なのか必然なのか、と時々考える。

二〇〇二年のはじめ、五行歌と出会った。家庭の事情で長年勤めていた会社を退職せざるを得なくなり、それまでとはがらりと違う生活を始めた頃だった。インターネットで思いつくまま様々なサイトを訪問し、出会ったのが五行歌だった。

これだ、と思った。普段の話し言葉で、季語も要らない、字数制限もない、なんだかとてものびのびしているじゃないか。堅苦しいことが性に合わない自分にぴったりだと思った。それから五行歌の会に入会するまで、さほど時間はかからなかった。

たまたま、だと思っていた。たまたま自分に合ったものを見つけ、たまたま近くに歌会があり、たまたま続けられたのだと。

けれど歌集を出すことになり、あらためて二十年近い自分の足跡を振り返るうちに、そうではないのではないか、と思うようになった。

五行歌は私にとって、自己表現の手段としての文芸ではあるが、箱に入れて飾って眺める芸術品というより、もっと距離の近い普段使いの器のようなものだ。草壁主宰もおっしゃるように「呼吸するように」生まれるものだ。とりわけ五行歌を始めたころの私は、苦しい思いを歌にし、そうすることで救われてきた。あらためてその頃の歌を読み返すと、感情の垂れ流しのようでなんとも酷い。けれど垂れ流せる場所があったから、あの頃の私は救われた。神様のような、見えない力がどこかにあるとしたら、あの頃の私と五行歌を出会わせてくれたのはその力に違いない。そう思えるほど、歌を書くことでどんどん癒され、救われ、解放されていった。その後も、人生の様々な場面で歌を詠んだ。正直、締め切りに迫られてということも多いし、もともと寡作ではあるけれど、必要な時にはいつも歌がそばにあった。

子どもの頃から空想好きで、即興で話を作っては一人遊びをしていた。十歳に満たない頃の愛読書は詩集だった。言葉遊びはお人形遊びより楽しかった。三つ子の魂は歌づくりにも面白いように影響している。その時々で興味・関心のあることを歌にしてきたが、必ずしも全ての内容が「事実」というわけでもなく、ある一つの言葉から着想したもの、フィクションや想像・妄想の域にまで入る歌もある。人さまの出来事を自分事として詠んだものもある。ではそれは私ではないのか。否、それらも私の「真実」ではあるのだ。私から出てきた言葉である。芯の部分は紛れもなく私であろう。

言葉から導かれ出てきた知らない自分に驚いたり楽しんだり、そのような邂逅もまた必然だったのかもしれない。

歌集を編むにあたり、未発表のものも含め千二百首ほどにもなる過去作品と向き合った。若干の推敲を加えたものもあるが、詠んだ当時の気もちから外れないようにした。全体を見渡したとき、決して明るく爽やかなトーンの歌集ではないと思った。いや、それはとうに気づいていたことだ。色で言うなら赤や黄色では決してない。青だ。昔から大好きな色、青。青にも蒼・碧・藍色などさまざまあるように、歌にも色調や階調があるように思えた。タイトルに引いた「青の音階《スケール》」というフレーズを詠みこんだ歌は、そうして出来た書下ろしである。

二〇二〇年は世界にとって忘れがたい年となった。新型コロナという見えない敵と闘うには、ひたすら人との接触を避けねばならなかった。奇しくもこの年に歌集の準備をすることになったのは、ある意味幸運とさえ言えるかもしれない。毎日粛々と過去の自分と対峙し、現在の心の声に耳を傾ける、一人の作業の連続であったのだから。初期の頃の歌を中心とした、決して明るくない歌群を人前に出すということの意味を考えた。あえて晒さなくとも済む、きわめて個人的な出来事を詠んだ歌をなぜ出そうとするのか。表現する者の悪趣味な自己顕示欲かもしれないとも思う。読売新聞の「編集手帳」で、竹内政明さんが取り上げてくださった拙歌がある。その記事を読んだ知らない方からメールをいただいたことがある。若い方だったが、「死を思うこともあったがこの歌により救われた」という趣旨のことが感謝の言葉と共に綴られていた。そんなこともあるのだと驚いた。言葉の重さをあらためて知り、常に真摯に歌と向き合わねばならないと襟を正した。たかが言葉、されど言葉。やはり私は言葉の力を信じている。だから晒すのかもしれない。どの歌かは自分では分からない。でも、どれか一つでも誰かの心に届き、励ましになったりただ頷いてもらえたりしたら嬉しい。それもまた、必然の出会いだと思うのだ。

五行歌のおかげで、私の人生は何倍も豊かになった。それはたくさんの素晴らしい仲間に恵まれたことによるところも大きい。歌を通して互いの内面を共有し合い語り合うことは、大きな励ましであり癒しであり喜びである。この仲間との出会いもまた必然であったと、今しみじみ思う。

この場を借りて、五行歌という奥の深い文芸をこの世に生み出し、これまで導いてくださった草壁主宰にあらためて心からの感謝を申し上げます。

歌集を出すと決めたとき、自分のことのように喜んでくれた九州五行歌会の皆様、皆さまと共に歩んできた歳月は宝物です。これからもよろしくお願いいたします。

また、凝り性でこだわりの強い私の要望を辛抱強く聞き、一つ一つ形にしてくださった市井社の三好副主宰、井椎しづく氏、水源純氏ほか事務局の皆さまには本当にお世話になりました。皆さまのおかげで思い描いた通りの歌集になりました。

今までの家族の危機に辛抱強く対応し、共に立ち向かってくれただけでなく、歌集を出すにあたっては、そっと見守りつつ協力してくれた夫にも心からありがとう。

最後に、この歌集を手に取り、読んでくださった皆様に厚くお礼申し上げます。

伊東柚月

二〇二一年　一月

伊東 柚月（いとう ゆづき）
東京生まれ東京育ち
12 歳のとき福岡へ転居
西南学院大学文学部卒
2002 年 五行歌の会入会
九州五行歌会所属
福岡県糸島市在住

五行歌集《ごぎょうかしゅう》　青の音階《スケール》
2021 年 2 月 17 日　初版第 1 刷発行

著　者　　伊東 柚月
発行人　　三好 清明
発行所　　株式会社 市井社《しせい》
〒 162-0843
東京都新宿区市谷田町 3-19 川辺ビル 1F
電話　03-3267-7601
http://5gyohka.com/shiseisha/

印刷所　　創栄図書印刷 株式会社
装画／写真　著者
装　丁　　しづく

ISBN978-4-88208-181-4

五行歌五則

一、五行歌は、和歌と古代歌謡に基いて新たに創られた新形式の短詩である。

一、作品は五行からなる。例外として、四行、六行のものも稀に認める。

一、一行は一句を意味する。改行は言葉の区切り、または息の区切りで行う。

一、字数に制約は設けないが、作品に詩歌らしい感じをもたせること。

一、内容などには制約をもうけない。

五行歌とは

五行歌とは、五行で書く歌のことです。万葉集以前の日本人は、自由に歌を書いていました。その古代歌謡にならって、現代の言葉で同じように自由に書いたのが、五行歌です。五行にする理由は、古代でも約半数が五句構成だったためです。

この新形式は、約六十年前に、五行歌の会の主宰、草壁焔太が発想したもので、一九九四年に約三十人で会はスタートしました。五行歌は現代人の各個人の独立した感性、思いを表すのにぴったりの形式であり、誰にも書け、誰にも独自の表現を完成できるものです。

このため、年々会員数は増え、全国に百数十の支部があり、愛好者は五十万人にのぼります。

五行歌の会　https://5gyohka.com/
〒162-0843 東京都新宿区市谷田町三—一九
川辺ビル一階
電話　〇三（三二六七）七六〇七
ファクス　〇三（三二六七）七六九七